생각은 바람 되어 노를 젓는다

생각은 바람 되어 노를 젓는다

초판 1쇄 인쇄일 2019년 4월 18일
초판 1쇄 발행일 2019년 4월 25일

지은이 윤승호
펴낸이 양옥매
디자인 송다희 임흥순

펴낸곳 도서출판 책과나무
출판등록 제2012-000376
주소 서울특별시 마포구 방울내로 79 이노빌딩 302호
대표전화 02.372.1537 **팩스** 02.372.1538
이메일 booknamu2007@naver.com
홈페이지 www.booknamu.com
ISBN 979-11-5776-715-1 (03800)

이 도서의 국립중앙도서관 출판예정도서목록(CIP)은
서지정보유통지원시스템 홈페이지(http://seoji.nl.go.kr)와
국가자료종합목록시스템(http://www.nl.go.kr/kolisnet)에서 이용하실 수
있습니다.

윤 승 호
바 둑 시 집

생각은 바람 되어
노를 젓는다

책과나무

추천사

- 김 웅 환 바둑강사

『생각은 바람 되어 노를 젓는다』. 윤승호 시인의 첫 번째 바둑 시집이다. 신선하지 않은가.

이 땅에는 수많은 시인이 살고 있지만 바둑에 대한 시만을 고집하여 퍼 올린 시인은 아직 없다. 바둑에 관한 시를 어쩌다 간헐적으로 내놓은 이는 있어도, 한 권의 시집이 나오기까지는 어림도 없는 일이다.

그도 그럴 것이, 바둑의 오묘한 신비를 건져 올리려면 어느 정도 고수의 경지에 들어서야만, 천변만화의 심리를 가로채는 일에 능숙할 것이기 때문이다.

윤승호 詩人은 1990년대 중반 서울 서대문구에 바둑학원을 열어 2010년까지 15년간을 운영한 경험이 있다. 거기서 터득한 바둑의 심오한 섭리를 절제된 시어와 응축된 단어로 옮겨 적기 시작하여 오늘에 이른 것이리라.

3년 전 어느 프로 바둑 입단 축하연에서 우연히 만났을 때, 그는 내게 바둑 시 몇 편을 꺼내 보여 줬다. 바둑이 지니고 있는 매력을 깊디깊은 고뇌로 승화시켜 원고지 고랑을 메우는 작업이 생경하기도 하고 호기심도 일어, "바둑 시집 하나 내면 참 좋겠네요." 했더니, "기회가 닿으면요."라며 넌지시 웃

어넘겼다.

'바둑 시집을 내면 추천사 하나 써 주겠노라'고 덕담을 건넨 지 3년 만에 시인에게서 한 통의 전화가 걸려왔다. 스마트폰 저 너머로 들리는 시인의 목소리는 차분하면서도 들떠 있었는데, 출판사에서 첫 바둑 시집을 내게 되었다는 것이다.

어찌 된 영문인지 내 일이나 되는 것처럼 반가웠다. 그리하여, 희망의 소리로 가볍게 건넨 덕담이었지만 막상 추천사를 쓰려니 감회가 새롭다.

그의 시는 쉽게 써 내려간다. 바둑 현장에서 겪은 경험이 고뇌.어린 시선으로 고스란히 녹아 있어서 그럴 테지만, 바둑인이 아니라면 저토록 토해 놓을 순 없는 것이다. 수많은 대국과 지도 경험을 통해 얻은 축적의 감성이 미치지 못한다면, 감히 끄집어낼 수 없는 언어들인 것이다.

우주의 바둑 세계를 모르는 이는 도저히 길어 올릴 수 없는 어떤 영감, 오로의 바둑 세계를 넘나들지 못한 이에게 그 아름다운 언어가 탄생될 리 있겠는가. 이기고 지는 게임에는 모두가 해당되는 승패의 갈림길, 어쩌면 숙명 같은 것이기에 바둑인이 아니더라도 누구나 쉽게 다가갈 수 있게 풀어 놓는다. 꼭꼭 숨겨졌다가 이제야 세상 밖으로 선보인다니 참으로 궁금한 일이지만, 벌써부터 가슴이 벅차고 기다려진다. 바둑인뿐만 아니라 승부의 세계를 살아가는 현대인들에게 꼭 추천하고 싶은 시집이다.

머리글

바둑은 인간의 머리로 풀 수 없는 높은 단계까지 풀어 왔으며, 우리는 바둑의 긴 역사를 갖고 있고 실력 또한 세계 정상급 국가이다.

과거에는 높은 기력은 아니어도 수담과 바둑의 글로 인생을 즐기었으나, 지금은 세계 바둑의 중심에 있으면서도 승부의 목적으로 바둑을 두어 바둑 문화의 발전은커녕 오히려 과거보다 퇴보된 것이 아닌가 하는 생각마저 든다.

바둑은 즐기며 삶의 질을 높이고 행복을 추구해 나가는 것이기에 정·낭만·휴머니즘을 빼 버리고 바둑을 논할 수는 없는 일이다. 바둑은 다각적으로 발전해 나가야 하는데 바둑이 스포츠로 바뀌면서, 사랑방이나 골목길 평상에 펼쳐 놓고 사람과 사람의 정을 나누며 돌과 나무가 부딪히어 딱 소리 나는 바둑을 두고 싶으나 바둑의 예와 철학과 낭만은 세월에 묻혀 버리어 아쉬움은 점차 커져만 가는 것이 마음 아프다.

바둑의 기술은 질적으로 발전한 것은 고무적인 일이나, 바둑의 실력에 맞게 주변 여건도 함께 성장해야 하는데 승부를 위한 기술 위주의 기형적 발전으로 인해 인터넷게임으로 전락

하여 승부에만 집착하는 것은 안타까운 일이다

바둑이 승부로만 발전할 수 없음을 바둑인들이 먼저 깨닫고, 바둑 최강국의 위상에 맞는 전반적인 발전이 필요하다. 세계 바둑의 보급 및 홍보로 인한 국가 브랜드가치를 높이고 바둑의 위상을 높여야 하며 국민 여가 진흥에 힘써야 한다.

필자는 이러한 요소들을 살릴 수 있는 문화적 인프라를 쌓아가는 기회로 생각하고 바둑을 두면서 머릿속을 떠돌던 삶의 풋풋한 내음이 묻어나는 우리들의 삶의 바둑 이야기를 쓰기로 하였다. 이제는 바둑의 뒤를 조용히 따라가면서 우리들의 바둑 이야기를 삶의 이야기로 만들려고 한다.

바둑의 발전을 위해서 바둑을 사랑하는 여러분과 함께 필자는 이 분야에 더욱 노력할 것을 약속드리며, 글이 살아서 독자에게 전달되기를 바라는 마음으로 글의 첫 장을 열어 가려한다.

2019년 4월

- 윤승호

목차

●

3부 나의 바둑 이야기

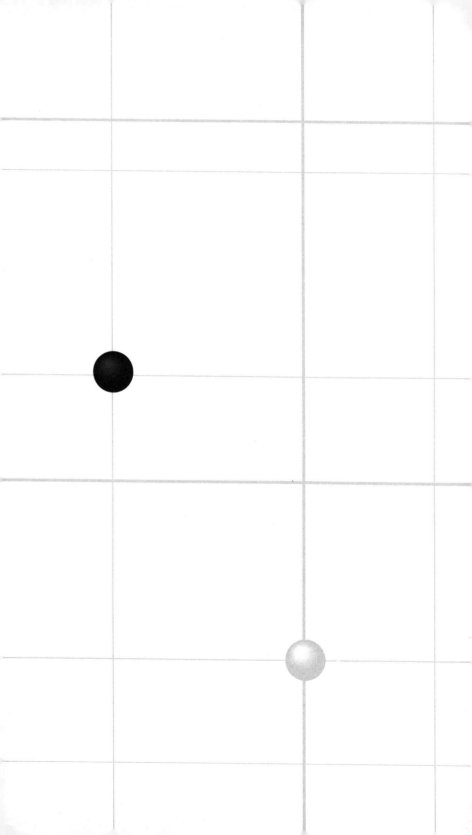

1부

바둑판 위에서

한라에서 백두까지

바둑으로
엉킨 실타래
첫 매듭 풀고 나니
겨레의 즐거움 여기 다 있구나

한라에서 백두까지
날줄과 씨줄로 엮어 서로서로 오가며
길눈 활짝 열어 놓고

금강에서 만남하고
백두에서 지난 이야기 주고받으니
아물지 않은 상처 다 메워 간다

하나의 판 위에
두 개의 색이 어울려 하나가 되는 바둑
우리도
이처럼 하나로 섞여

이 땅 위에
우리 민족 다 들어가는
커다란 집을 짓고 같이 살아가는
한 판의 바둑 꿈

금수강산
이보다 더 아름다운 그림 있으랴
화합의 첫수를 놓아 보자

바둑판 위에서

돌들은
생사를 겨루는데
그걸 바라보며
우는 사람과 웃는 사람이 있다

습관

단 한 판도
제대로 두지 못했으면서
또 바둑돌을 잡는다

실수

내심(內心) 감추고

상대가

돌을 놓을 때까지 가슴이 뛴다

내 마음 들킬까 봐

바둑

자세는 신선인데
마음은 야수

불면

허공 속으로

착점은 사라지고

갇혀 버린 생각

판 위로 돌아오지 않는 메아리

돌 하나 놓고

잠 못 드는 밤

살아온 날들은

바둑을 두어온 날들은
참 아름다웠는데
지난날들을 생각하면
왜 눈물이 날까

수읽기

생각의

깊이를 재려고

바둑돌로 돛단배를 띄우니

생각은

바람 되어 노를 젓는다

승부

패배를
모르면 승부가 아니다

이길 줄 모른다면
그것은
더더욱 승부가 아니다

열병

너에게는
돌 하나 놓는 것이
의미 없이
스쳐 가는 바람일지 모르겠지만

나는
열병을 앓고 있다

진실

패배 앞에

진실해지는 것을 두려워할 때가 있다

인생길

외길 수순

장고 중

돌 하나 놓으려고
팽팽한 생각의 줄다리기 싸움
홀로 몸부림치고 있다

적과의 동침

판 위에
반은 적이고 반은 우군이다
그렇게 어울려 가는 세상

후회

그렇게 끝날 거면
그냥 그렇게 두고 말걸 그랬어

인연 쌓아 가는 일

돌이 놓여갈수록
인연의 골은 깊게 파여 가고
많은 사람을 만납니다

오직
바르게 두려는 사람과
꼼수에 헛수를
연발하는 사람이 있으며

때로는
해서는 안 될 다툼까지도 하지만
모두가
인연이고 운명입니다

돌 하나가
인연이 되고 업장을 쌓는 일이라 하니
살아가면서
잘못된 업장 풀이 가기 위하여

만나는 사람마다
진실 되고 소중하게 대해야 합니다

나도
그 사람들에게 어떤 기억으로 남을까
궁금하기도 하여

돌 하나 놓는
작은 일부터 신중해야겠습니다

인연(1)

밤을 새워
많은 돌을 놓으면서
놓여진 돌들과
인연을 뒤로한 채 하나둘 잊혀져 간다

우리의 삶이
만나고 헤어지는 인연의 연속이듯

잊어버리고
지워야 할 일이 계속되어
나를 잊고
너를 잃어버린 것은 아닌지

많은 날
보고 싶고 사랑하고 그리워해도
마음에 담지 못한 것을
가슴 아파하거나 슬퍼할 것은 아니다

잊어야 할

많은 일들을

판 위에 놓아 가는 것이

언젠가는 헤어져

혼자 가야 하는 길 입니다

인연(2)

서로 다른
인연의 한끝에서 다가와
바둑을 두는 운명의 만남은

또 다른
업보를 쌓아 가는 일이었다

그 질기고
질긴 인연으로 어렵게 만났으니

이번 만남으로
영겁의 세월에서 깨어나

바둑으로
삼생(三生)에 묶인 업장 족쇄 풀고

화국[*]으로

화해할 수 있다면.

이보다

좋은 일이 또 있겠는가

---

*   바둑에서 비기는 것을 화국이라 하고 화국으로 끝나는 경우 좋은 일이 생긴다고 함

인연이라 하지 않겠다

서로 다른
인연의 한끝에서 다가와

만남과 이별의
뒤범벅인 혼란 속에서

햇살처럼 만나
바람처럼 스쳐가는 인연으로

보이지 않는
그 무엇에 엮이어
인연도 아닌 것을 인연이라 할 때가 있다

판 위에
돌을 놓아 가는 것이

바람에
스쳐 지나가듯
의미 없이 타오르다

재 한 점 남김없이
사라지는 아픔이 되어
내 인생의 전부를 흔들어 댄다면

나는
결코
그것을 인연이라 하지 않겠다

초읽기

바둑 싸움이
한 창 무르익은 중반전

욕심에 가리어
깊은 수심에 다다르지 못하고
수가 보이지 않는다

시간은
제 갈 길을 가고
마음은 초조해지는데

잘못을 추궁하듯
착수를 재촉하는 초침 소리는
야속하기 그지없다

볼멘
초 읽는 소리에 무너진
대국자의 눈빛

이때가 되면

신의 경지에 오른 구단의 손끝도 떨고

관전자도 애가 탄다

추억

어린 시절
내가 본 아름다운 세상

첫수를 놓으며
마음 설레던 어렴풋한 기억들

희망을 꿈꾸며
대해를 향해 앞으로 나가는 것은
가슴 뛰는 일이었다

지금도
첫수를 두었던
꿈만 갖고 살았던 지난날 생각에
가슴은 사무쳐 오고

생각 속에
수없이 날개를 퍼덕이며
날고 싶었던 시간들

패배에 베인
상처를 씻어 가는 것은
희망을 꿈꾸는 시간이었다

이제
상처의 굳은살은 선물이 되어
돋아난 새살은 곧추서니

옹이로 박힌 보석 같은 상처
눈이 부시어 온다

친구야

힘든 삶
부담되는 승부에 집착하지 말고
기쁠 때나 슬플 때나
함께 어울려 살아가자

삶의 지쳐 있을 때
한 판의 바둑으로 힘이 솟아
서로의 시름을 지워 주던 친구야

신뢰로
우정의 매듭을 단단히 묶고
바둑 한 판 두자

바둑이 끝나면
이겼다든가 졌다든가
상수 혹은 하수라는
상처 주는 말은 하지 말고

아쉬움 가득한
지난날들은 다 잊어버리자

처음 만나
청순한 생각의 날개 펼치며
따듯한
손을 내밀어 주던 그때를 생각하며

우리
지난날 좋았던 일들만 기억하고
바둑 한 판 두자

패배 속에서

바둑에서
패배를 하여 힘들고 어려워도
물러서지 말아야 한다

패배는
오르기 위한 계단이며
실패는
꿈을 이루기 위한 과정이기에

시련을 통하여
패배의 아픔을 받아들이고 삭혀

희망을 찾아
내가 나로부터 자유로워질 때

패배도
배움이 되는 것이다

또한
훗날 꿈을 이루어도
교만하지 않고

자신을
더 큰 사람으로 이끌어 가는 것이
패배 속에서
찾아야 할 지혜이다

패배

설욕할
생각이라면
패배의 아쉬움은 지워 버려라

복기에서
깨우침을 얻었다면

패배도
좋은 스승이니
패배의 잔을 뒤엎어라

영광의
트로피를 들어올릴
받침대가 될 것이다

비가 온 뒤에
더 굳어지는 땅처럼

패배에는

절망만이 있는 것이 아니다

패배를 하고 나서

오늘은
돌을 던져야 겠습니다

돌이 놓일 때마다
내게는 아픔이었습니다

생각에
생각을 덧칠해 가며
위기를 벗어나려 애를 써 보지만

돌과 돌의 경계에 막혀
갈 길은 까맣게 지워져 버리고
생각은 먹통이 되어

판 위에 움푹 파인
상처 난 자리만 남았습니다

많은 날

승부를 같이하였지만

이제는 갈라서야 할 어둠의 끝

그에게

안녕이라고

인사를 해야겠습니다

한마디

바둑 판 앞에 앉아

세상사
시름 다 펼쳐 놓고 장고 중

아내의 한마디
밥
먹
고
두
세
요
모든 고민 사라지다

구름

어둠 속
돌이 놓이고 흑백이 부딪히니

생존의 땅은
점점 줄어들고
비바람은 세차게 불어왔다

승부의
덫에 묶여
호구 속으로 뛰어들며

인생을 걸고
생사를 담보하여 싸웠으나

온 세상
뛰어다닌 결과는 너무도 초라한
반집 승부였다

반집을

더 차지하기 위하여

그렇게도 모질게 살아온 것인지

인생

낙엽 하나 떨구고 갈 것을

삶

바람 앞에
등불처럼 서서

자신의
의지와 상관없이
싸우는 의미도 모르고

19줄 위에서
운명이라 말하며
모질게도 싸우고 있다

그렇게
그렇게
살아가는 판 위의 세상이라 하지만

돌들만 그러냐고
아니
나
너
우리 모두가

허무한 싸움

시작부터 끝가지
삶보다 고달픈 바둑 싸움을 하며

상대의
상처를 바라보며 미소 짓는 것은
잔인한 일이다

승부 후
패배를 하여 힘들 때도 있지만
때로는
이기고도 힘든 것은

언젠가는
그들의 상처가 산처럼 커져
내게 돌아올지도 모르는 일이며

감내하기에
힘든 미련과 집착 빠져 버린다면

바둑으로
승부를 하는 것은 가슴 아픈 일이다

의미 없는
승부를 위해 자존심을 걸어 놓고

부질없는
욕심을 놓아 가며
초라해지는 모습을 볼 때면

사는 일이 허무하고
내 자신이 미워져 울고 싶은 날도 있다

허수아비

판 위에
내려앉은 생각 하나

흑과 백이 어울려
생으로 피어난 것을
축복으로 여기었으나

피고 지는 것은
운명으로 만난 싸움이었다

자신의
의지와 관계없이

누구를 위한
싸움인지조차 모르는 싸움

그래도

나에게

왜 싸우느냐고 묻지 마라

홀로서기

바둑은 끝나
판 위에 돌을 거두고 나왔다

긴 싸움
타협하지 못하고
생사를 거듭하며 기를 쓰고 싸우는
자신이 늘 애잔하다

서투른 인생
홀로서기 위하여
바람 불면 부는 대로
방황하는 법을 이겨 내기 위해

승부의 집착에 빠진
나의 시선을 바꿔야 했다

어둠이 내리고
집으로 돌아가는 길
패배의 그림자는
상처 되어 따라오는데

발끝에
차인 검은 돌 하나

화국(和局)

반상 위에
흑과 백은 평등하게
첫 점 두고 두 점 세 점 네 점
평온한 세상에 터 세운다

흑과 백이 마주하니
세상은 점점 작아지어 밀고 밀어내는
소리 없는 전쟁

삶과 죽음은
수시로 일어나고
승패 역시 병가지상사이니

패배가 두렵거나
속상하지는 않으나
장고 뒤에 나온 악수는 힘들게 하여도

험난한 전쟁 끝나

잡은 돌 상대 집에 되돌려 보내고

하나둘 세어 보니

좋은 일만 생긴다는 화국*일세

---

* 　바둑에서 비기는 것을 화국이라 하고 화국으로 끝나는 경우 좋은 일이 생긴다고 함

후회

바둑을
즐기고 사랑하기에
지난날
두어 온 바둑을 자랑 삼았는데

돌들은
19줄 위에 납작 엎드려
거짓 없이 훤히 다 보여 주는데

보고 또 들여다보아도
수가 보이지 않고 가는 길이 막혀
길을 잃고 나서야

바둑을
다 아는 듯 돌을 놓아 온
나의 편견
짧은 생각이 부끄러워졌다

자랑 삼은

나의 바둑 실력도 이러한데

삶에 대해서는 얼마나 소홀했을까

눈앞에 펼쳐진

바둑판을 내려다보면서도

수를 찾아내지 못하고

바둑을 논하고

인생을 논하여 왔으니

인생사

내가 나를 바로 보지 못한 후회를 한다

훈수

휴일 오후
인터넷 화면에서
바둑돌 놓이는 소리가 들려온다

19줄 승부는
끝없이 이어진 생사의 교차로 위에서
생사를 벗어나기 위해

물러섬도
양보도 없는
절박한 승부에 몸부림치는데

고수의
바둑을 관전하는 것은
언제나 가슴 두근거리는 일이었다

흑백이
번갈아 놓일 때마다

승부는

엎치락뒤치락하고

생각은 무한 질주하는데

관전하는

나의 애타는 마음도 대국자 되어

생각하나

바둑판 위를 스쳐 지나간다

흑돌은 장고 중

시작부터
가진 것의 길이 차이에
예정된 승부를 하며

이 시대의 버림받아
흑돌을 쥐고 살아가는 사람들

가진 자가
꼼수를 부려 올 때마다
두려움에 납작 엎드려야 했다

살기 위하여
손에 힘을 주어
판 위에 딱 소리 나게 돌을 놓아 가며

뛰고 부딪치며
힘들게 싸워 보지만
남는 것은 집도 절도 아닌 옥집뿐

일상의 덫에 갇힌

가난을 벗어나기 위하여

돌처럼 굳어 가는

자신을 깨우기 위하여

어둠의

뒷장을 넘기며

지금 흑돌은 장고 중

흑과 백

잘못 그어진 경계 위에
타고난 죄 하나로 운명적인 싸움을 하지만

흑과 백이
적으로 살아가는 것은 너무나도 가혹하다

생과 사를 걸고
주고받는 싸움이 운명의 전부라면
잔인한 일로서
시작도 하지 않았겠지만

어둠의 땅에서
흑돌을 쥐고 태어난 운명을 바꾸기 위해

우리는
이 땅 위에 잘못 그어진
경계를 허물고

운명을 거슬러

영혼마저 내놓고

흑돌이 백돌이 되어서라도

새로운 판 위에

다시 첫수를 놓는 마음으로

죽어서도

살아서도

하나로 어울려

하나의 영혼으로 살아가야 한다

– 2017년 10월 어느 날 이만갑 프로를 보다가

희망을 보다

판 위에
움푹 파인 지워지지 않는 상처 자국
아픔을 잠시 내려놓고

더 이상
바라볼 수가 없어서
돌을 통에 담고 밖으로 나왔다

승부를
할 때마다 이길 수는 없지만

패배에 베인 상처는
아픈 가슴을 타고 녹아들어
한동안 홀로 뒤척거렸다

영혼마저
지쳐 쓰러져 가는
어둠이 내리는 시간

마음은

아쉬움 속에

하늘을 바라보지 못하고

고개 숙인 발아래

꿈을 찾아

천천히 아주 천천히 오체투지 하는

벌레 한 마리를 보다

둥지

하늘을 나는 새
땅을 버리고 꿈꾸었던 세계

누구나
꿈꾸는 세상이지만
하늘에는 머무를 곳이 없다

하늘을 날아도
돌아갈 둥지가 없다면
하늘을 날 의미가 없듯이

판 위에
삶의 집을 짓지 못하고
수많은
상상 속에서 꿈만 꾼다면

돌을

놓아 가는 것이

무슨 의미가 있겠는가

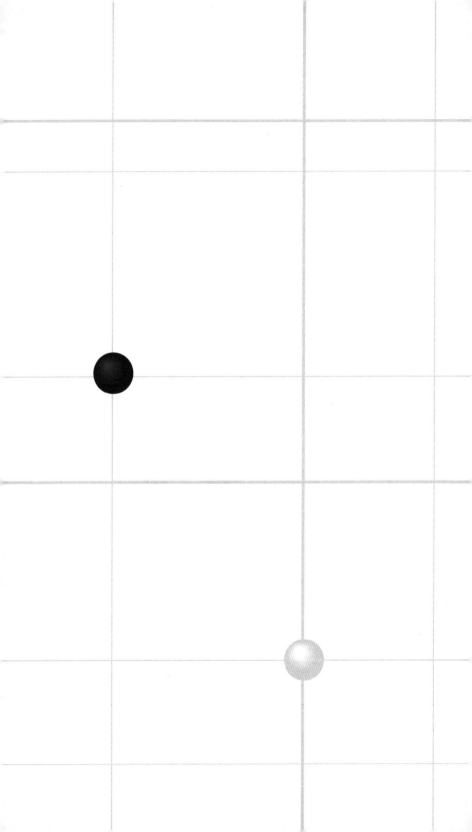

2부

바둑과 인생

힘

누구나

알고 있는 이야기지만

살다 보면

누구나 힘의 필요함을 느낍니다

힘은 스스로

만들어 내야 하는 것으로

오랫동안

노력으로 갖춘 내면의 자신감으로써

승부는

승자가 누릴 수 있는 권리이며

삶이고 자신입니다

때로는

실력으로 이기고도

결과에서 패하여

스스로
해결하지 못하는 것은
힘이 부족하기 때문입니다

언제든
그 부당함과 싸울 수 있는 것은
힘뿐이며

살아가면서
약자가 할 수 있는 마지막 힘

넘어지고
쓰러져도
다시 일어서는 것입니다

힘들고 어려울 때마다

돌을 놓는 순간은

꿈
희망
기쁨

그리고
뜨거운 욕망이 느껴집니다

삶의 길이 있는
19줄의 지도를 펼쳐 놓고

인생의
길을 찾아가는 수읽기의 고뇌는

삶의
길을 여는 열쇠입니다

힘들고

어려울 때마다

바둑판 위에서

생각의 꽃을 피웠습니다

– 생각의 꽃 바둑에서 수읽기를 완성하여 결과로 나온 수

1선의 지혜

19줄

1선 벼랑 끝에서 부조되는
잔인한 싸움을 보았다

생사 앞에
끝없이 다가오는 살기
두려워하면
갈 수 없는 길이지만

묘수가 있는
소중한 곳이기에
신중하게 다가가야 한다

지혜로운 사람은
묘수를 찾을 때까지
1선을 함부로 가지 않으나

벼랑 끝 1선에서
생사를 다투며 싸울 때는

자존심의 꽃도
꺾어 버리고
치욕스런 맨땅 위에서

온몸 납작 엎드려
오체투지를 하듯 기어서라도
우선은 살고 볼일이다

19로 산책

화점

기둥 삼아

소담한 집 지으니

산책길

꿈결 따라

신비롭고 새로운 길

동행 속

함께 가는 길에

소망 하나 놓으니

꿈꾸는

넓은 세상

이루고 싶은 꿈 가득

19로

산책길에

밝은 빛 눈 마중 가네

19로 여행길

누구도
밟지 않은 미간지(未墾地)를 찾아
떠나는 여행

꿈과
희망을 새긴 발자국에는
가는 곳마다
새롭고 신비로운 땅

돌들의
발자취 속에는
꿈이 있고 희망이 있다

나만의 삶
나의 길을 알려 주는
19로 여행길

언제나

밝은 빛 비추어 주네

경계의 서서

반상에서
마주 보는 인연 풀어야 할 업장
인생사
마음이 무거워진다

사회 처처(處處)에
얽히고설킨 보이지 않는
불신의 벽이 쌓여 가는데

동과 서
남과 북 여와 야의
날선 바람을 멈추고

경계와 경계 사이
서로 다른 이념의 벽을 허무는
신뢰의 돌을 놓아야 한다

세상은

양지와 음지로 나뉘어도

바람은 고루 나누듯이

우리

흑과 백의 갈라진 경계에 서서

따듯한 눈 맞춤해 보자

공존의 삶을 찾아서

운명으로
갈라진 승부의 세계

첫발을
내디딜 때는
꿈을 가득 담아 놓았지만

동행의
길을 가면서
단 한 번도 같이 어울리지 못하고

욕심에 찬
자신의 길만을 고집하였다

우리는
바둑의 틀 안에서
동행하는 동안
공존의 삶을 벗어날 수 없기에

승부가

끝나기 전까지

욕망을 초월한

인간적인 영역으로 돌아가

너와 내가 아닌 우리로

함께 어울릴 수 있는

공존의 수를 찾아야 한다

그것을 인연이라 하였다

서로 가는 길에
흑돌이 놓이고 백돌이 놓이고

영겁의
세월 속에서

청춘 지나
세월 흐르는 사이
판 위에 함께 머물렀으나

순간
허공으로 달아나 버린
바람 같은
짧은 만남이었어도

우리는
그것을 인연이라 하였다

우리의 만남이

끝내 하나가 되지 못하고

제각각

세월 지우고

스쳐 지나가는 시간 속 여행자지만

영겁의 세월 위에

돌 하나 올려놓은 것조차

애써 인연이라 하였다

기도삼불(棋道三不)

세월이 흐르고

모습이 변했어도

판 앞에서는 격이 없는 친구

승패로

돌을 쥐었다면

수천 번도 더 다투었겠지만

정으로 두었기에

승패는 문제 되지 않았다

이기면

흥에 겨워 술 한 잔 대접하니

이기면 이겨서 좋고

지면 지는 대로 대접받아 좋았잖아

판 위에

돌들은 다투지만

우정은 흔들리지 않았다

승부에 패해도 즐거워했으니

오늘 우리 앞에서

바둑의 기도삼불(棋道三不)도 무너지잖아

기도삼불(棋道三不)

첫째, 내기하지 마라

둘째, 너무 이기려 하지 마라

셋째, 져도 화내지 마라

꿈

361개의
점 위에 놓인 제각각의 꿈

지금은
19줄 위 운명의 덫에 갇혀
길을 헤매지만

19줄에 피어나는 꿈이
바람에 날려 갈 하찮은 꿈일지라도

언젠가
부활의 씨가 된다는 믿음으로
그 꿈을 믿고 이겨 내야 한다

부활을 꿈꾸며
지난가을 힘차게 떨어진 꽃씨

봄은

언 땅을 녹이고

꿈은

봄비에 젖어 가고 있다

꿈을 찾아서

흑을 쥔
서투른 인생길 앞에

판 위에
잔상으로 남겨진
움푹 파인 상처 난 자국

패배의 아픔으로
가야 할 길을 더 걷지 못하고

꿈은
생각 속에
어리석음으로 묶인 채
쭈그리고 앉아 궁상을 핀다

돌이 놓이는 소리
나는 아직 살아 있음의

청순한 생각으로

날개를 펼치어

패배의 아픔의 빗질을 하니

잃어버린

꿈의 조각들이 돌아와

생각 속에 둥지를 틀고 있다

꿈이 깨이면

세상은

잠들어도

나는 잠들지 못했다

꿈길에

함께 가는 바둑이 있다

꿈속에서는

나를 이긴 승자도 꼭 끌어안고

모든 이를 사랑하며

패배도

아름답고 행복하게 끝나지만

꿈이

깨이고 나면

승부에 이겨도
승부의 목마름을 다 채우지 못하고

나는
단 한 번의 패배도
받아들이지 못하는 하수였다

나이는 잊고서

기원 내부의 풍경은
늘 같은 모습을 하고 있다

젊었을 때부터
지금까지 같은 기력의 친구
만나면 바둑만큼
술 한잔 좋아하는 사람

오늘도
바둑을 두고
아쉬운 패배를 한 것인지

돌아앉아
기력이 늘지 않는다고 투덜대고
술 한잔하자며
아쉬움만 곱씹는다

젊었을 때부터

지금까지 들어온 그 소리

이제는

그 실력 줄지나 말지

너의 마음속에도

누런 황금 들판
오곡백과가 풍성하고
바둑판 위에 삶이 익어 간다

판 위에
돌이 꽉 차여 가듯
승부로 가는 길에
너의 마음이 내게로 다가와

내 가슴속에
네가 놓이고
너의 마음에도
내가 놓여 행복해질 수 있다면 좋겠다

바둑 한 판으로
동행하는 길이 영원할 수도 없고
사랑이라고 말할 수는 없지만

내 마음속에
네가 있어 행복하듯

때가 되면
너의 마음속에도
내가 놓였으면 좋겠다

노력

기회는
누구에게나 공평하게 오지만
항상
주어지는 것은 아니다

판 위에
묘수가 분명 있으나
쉽게 보이지 않아 찾을 수 없는 것처럼

노력으로
준비되어 있으면
더 많은 기회가 주어진다

승부는
항상 좋은 수를 그려 가는
자신과의 싸움이지만

마음속에

좋은 수를 담는 것은

타고난 것이 아니라

노력하는 습관에서 시작한다

농부의 마음으로

바둑 둘 때는
농부의 마음처럼
자신의 호미로
넓은 세상 하나하나 일궈 나가야 한다

한자리
두 개의 씨앗 못 뿌리듯
바둑의 돌도
놓인 자리 또 놓을 수 없으며

돌의 삶이
자연의 순리를 받는
농부의 삶처럼

뜨거운 태양과
비바람에 감사하며
땅을 고르고
잡초를 베는 노력을 다하는

농부의 마음

거울삼아 바둑을 배우고 익히면

좋은 인생 꽃피우겠지

돌을 놓는 마음으로

첫수의
꿈은 참 아름다웠으나
돌이 놓여 가니 삶은 고달파지고

생사의
갈림길에 설 때면
작은 바람에도 마음은 흔들거렸다

처음
승부할 때처럼
가슴속에
꿈만 피어났으면 좋겠지만

꿈을 꾼다고
꿈이 다 이루어지지는 것은 아니어도

꿈은 언제나

밤하늘의 별처럼

보일 만큼의 거리에서 빛나고 있었다

돌을 놓으며

꿈을 바라보는 이유만으로도

세상은 아름다웠고

내게는 충분한 기쁨이었다

동심으로

인생사
끊임없이
시름과 근심이 쏟아지는데

티 없이
맑은 돌을 쌓는
아이들의 세상은 푸르렀다

판 위를
배회하던 걱정 근심은

바둑판 위로 돌을 놓고
죽었다가 다시 살아나는

천진난만한
바둑 놀이를 하는
동심 앞에 끼어들지 못하였다

저 맑은

동심의 미로 속에

잊혀진

순수한 옛 소리가 어렴풋한데

나도

그때로 돌아가

동심의 돌을 쌓고 싶다

– 바둑 대회에서 어린 유치원생들의 바둑을 보면서

똑같아

너와
바둑을 두면서

정
낭만
사랑을 꿈꾸었지

그러나
승부 앞에 서게 되면
모
두
똑
같
아

너는
단 한 번도 물러서지 않았지
나도 그러했으니까

명예로운 이름

한줄기 빛
부활을 꿈꾸며
적에게 둘러싸여 싸늘히 식어 가던
하찮은 돌에게

명예로운
이름이 붙은 것이 있다

사지에 갇혀서도
하나로 똘똘 뭉쳐 똬리를 틀고

끝끝내
자신을 불살라
상대 돌을 다잡고 부활한 것이다

우리는 그들에게
환격 후절수 귀곡사 5궁도화 매화육궁이라는
자랑스러운 이름을 붙여 주었다

불신과

탐욕이 가득 찬,

정의가 실종된 세상에서

누구나

살아가면서 존경받는

이름 하나씩 갖고 살아가야 한다

이러한

명예로운 이름으로 불리는 것이

우리가 꿈꾸는 세상이다

묘수 찾기

흑과 백
함께 어울려
좋은 세상을 만든다며

허울 좋은
명분을 내세워
치졸한 성역을 쌓는 것이

자충수로
사상누각의 옥집을 짓는
인간의 삶을 닮아
자신을 옭아매는 것이었다

오염으로
신음하는 세상
푸르게 가꿀 수 있는 비책을 찾지만

행복이

마음속에 있듯

묘수도

분명 판 안에 있을 터인데

사람들은

멀리서 찾으려 한다

바둑 글을 쓰면서

난
오랜 세월
바둑을 두어 왔지

그리고
가끔
아주 가끔
일탈을 꿈꾸었으나

일탈의 길도
가만히 생각해 보니

바둑 글을
쓰는 것 이었어

바둑돌

기쁨과
우의를 다지며

굴러도
굴러도

온몸
모나지 않고

둥글
둥글

판 위에서
부딪히고 싸워도
상처 없이 미소 띤 둥근 얼굴

항상

낮은 자세로 엎드려 살아가는

바둑돌의 둥근 철학

바둑 두는 것은

바둑을 두고
승부를 하는 것이
정해진 운명이라지만

돌을 놓고
운명을 만들어 가듯
자신의 의지
노력에 따라 달라질 수 있다

누구나
바둑 한 판 끝가지 둘 수는 있지만
어떻게 두느냐가 중요하며

반집 다툼에도
자존심을 걸고 싸우는 것은
삶이며
인생이기 때문이다

바둑 두는 사람에게

바둑을 왜 두느냐고 묻는 것은

왜

사느냐고 묻는 것과 같은

어리석은 일이다

바둑 두는 지혜로

인생길 같은
바둑의 길에도
희망을 꿈꾸지 않고 다투지 않는
삶은 없으며

고비마다 패로 버티고
호구에 돌을 넣는 처절한 싸움을 한다

바둑으로
길을 찾는 것도 쉽지는 않으나

험난하고 거친
폭풍 바다를 건너야 한다면

생사에
이골이 나도록 길들여진
판 위에 삶의 지혜를 빌려서라도

파도치면

파도치는 대로

바람 불면 바람 부는 대로

파도가 되고

바람이 되어서라도

폭풍 바다를 건너가야 했다

부부 연가

오늘 밤
판 위의 세상 불 밝히고

승부가 아닌
운명을 판 위에 맡긴 채

사랑하는 사람과
돌이킬 수 없는 승부를 하고 싶다

누구도
침범할 수 없는 성을 쌓고
그 안에 갇혀

오로지
한 사람을 위하여
져 주는 것이
이기는 이치를 깨달으며

일평생
동행하며 겨루어야 할 승부

두 사람만의
비밀스런 승부에 갇힌 운명도
축복이고 싶다

바둑 친구와 함께

바둑 두는 친구와
판 앞에 앉는 것은 기쁜 일이다

삶에
지쳐 있을 때
한 판의 바둑으로 힘이 솟아

서로에게
위로가 되어 주는 친구

벼랑 끝
승부를 하여도
바둑이 끝나고 나면

승부와 관계없이
서로의 등을 토닥이며 헤어지지만

아쉬움이

남는 날에는

한 번 더 겨루고 싶은 마음에

내일을 기다리지 못하고

꿈길마저

함께 가고 싶은 친구가 있다

바둑과 인생

비에 젖고
흔들리며 살아가는 것이
한 판의
바둑 같은 인생입니다

세상은
아름다워 보이나
나에게만 힘든 삶이 주어지는 듯해도

누구나
말하기 힘든
가슴 아픈 사연 하나씩은
다 간직하고 있기에 삶은 공평하며

삶이
어려움의 연속일지라도
견디어
참아 내지 못할 일은 없습니다

세월 지나고 보면

모두가 그리운 것뿐이지만

승부를 주고받으며

행복을 꿈꾸는 내일이 있기에

승부의

유혹에 빠져

서로 미소 하나 보내며

참아 내는 것입니다

바둑으로 배워 가는 인생

바둑이 서툴고
잘 두는 사람 모두
판 위에서 배워야 할 것은 많으며
고수의 내공이 높은 수는 갖추어야 할
삶이고 인생이며 철학입니다

삶을 성숙하게 하는 것은
승부의 이겨 기뻐했을 때보다
패배를 하고 쓰러져도
희망을 포기하지 않을 때입니다

눈부신 태양의 거리보다
어둡고 힘든 길에
더 많은 삶의 배움이 있는 것처럼
사람으로
진실 되게 살아가기 위해서는

작은 욕심의 연연하여
바둑을 둘 때마다 이기려고만 한다면
결국 승부는 인생의 전부가 되고
승부의 노예가 되어 버립니다

참된 승부의 의미를 잊고
눈앞에 펼쳐진 작은 승부의 인생을 걸기에는
인간의 생명은
너무나도 위대하고 고귀한 것이기에
소중하게 다루어 가야 합니다

지난날
승부를 하며 쌓아 온 경험과 지식이
사람들을 위해 유용하게 쓰여질 때
인간의 아름다운 삶이 펼쳐지는 것이며
바둑을 잘 두거나 서툴어도
바둑판 위에서 배워야 하는 것은
삶이고 인생입니다

바둑을 닮아 가고

한 판의
바둑 같은 인생

정석을 놓으며
부끄러움 없는 수
바르게 사는 삶을 배우고

포석을 놓으며
세상으로 나가는 삶을 배우게 되지만

바둑의
의미를 깨닫지 못하고
바둑을 둔다면

바둑은
돌 따먹기 놀이이며
자존심 싸움에 불과하다

생각의 바다에서

절묘한 천변만화의 조화를 보며

바둑의

심오한 맛을 찾아갈 때면

삶을 논하지 않고도 인생을 깨우치고

바둑 한 판

마무리할 즈음이면

삶은 바둑을 닮아 가고 있다

74 바둑의 승부는

판 앞에 앉으면
승부는 가려야 했으나

승패는
바둑의 전부가 아니다

바둑을
승패로만 말한다면
애당초 시작도 안 했겠지만

인생을 논하고
철학을 논하고
예와 도를 다하는 승부는

보이지 않는
끈으로 연결된 인연이며
운명이다

바둑의 정의

작은 바둑판 위에서
같이 호흡하며 살아가면서도

정(情)과 낭만(浪漫)은
승부 앞에
수담의 가면으로 지우고

믿음과
신뢰가 붕괴된 사회에 갇혀

자신만의
흑백 논리의 잣대로 정의를 내세워

삶이
어려워질수록 더욱 난폭하고
약해보이면 더 강하게 달려든다

여유로워도

물러서지 않으며

상대가 완전히 널브러지어

쓰러질 때까지 싸워 댄다

우리는

이 땅 위에

바둑으로 믿음과 정의를 세워

함께 공존하는

세상을 만들어 가야 한다

바둑인이라면

바둑을 두는 사람이
수읽기의 고뇌를 극복하지 못하고
생각 없는 바둑을 둔다면

대국은 고생이며
놀이도 게임도 아닌
돌 나르기 노동에 불과할 것이다

만약 바둑이
승부가 전부라면
우리들 앞에는 수많은 승부놀이가 있고

바둑보다
커다란 즐거움을
줄 수 있는 것은 많이 있다

바둑판위에
삶의 철학을 지혜로 올려놓고
풀어가는 것이기에

바둑을
두려고 한다면 돌을 잡기 전에

왜
바둑을 두는가 정도는
깨달아야 한다

복기(1)

기보 속
돌무덤 위로 쌓인 멍에

아픈 날들이
상처로 박제되어 둥지를 트니
패배의
아픔을 지우기 위하여

시간을
거꾸로 돌리고 또 돌리어
실패의 순간까지
되돌아가

상처 난 자존심
복기 앞에 꺼내어 놓고
생각의 바다에서
출렁이는 밀물과 썰물이 되어

숨어 있는

신의 한 수를 찾아내어

새롭게

부활을 꿈꾸는 것이다

복기(2)

바둑이 끝나고
패배의 책임을 묻는 것이 아니라

받아들이고
반성하는 패자에게
더 많은 기회를 주어

요람에서
패착의 순간까지 다시 가서

같은
실수가 반복되지 않게

실수를 찾아
아픈 상처를 씻어 가는 것으로

복기는

부활을 꿈꾸는 시간이고

미래의 희망이며

판 안에

모든 승부를

열어 가는 열쇠이다

부끄러운 날들

삶은
언제나 바쁘고
잃어버린 일상 속에서

생각 하나 갈 길을 잃고
멈추어 섰다

침묵
어둠
후회
반복되는 삶

지난날
돌아보니
참 부끄러운 날들

부끄러운 일

바둑을
두는 것은 즐거운 일이지만

승부하는 것만큼
힘든 일도 없습니다

돌이 쉽게
놓이는 것처럼 보여도

모두
고뇌의 수읽기를 하여
산고(産苦)의 고통을
이겨 내고 놓인 돌입니다

준비도 없이
짧은 생각의 마음만 앞서

상대도 모르고

내 자신도 모르면서

욕심으로

겨루려 했던 것이

얼마나 부끄러운 일이었던가요

비밀

아무것도 아닌 양

열아홉 옷고름 풀어 속살 내놓은

판 위의 세상이 설렌다

다가설수록

더 멀어져 보이는 밤하늘의 별처럼

보일 듯 말 듯한

신비하고 오묘한 바둑의 세계

판 안의 세상

가로 세로 19줄의 미로를

수천여 년 동안 다 풀어내지 못하고

오늘도

미로 속에 갇혀

영혼의

비밀을 풀어 가듯

신의 한 수를 찾아가고 있다

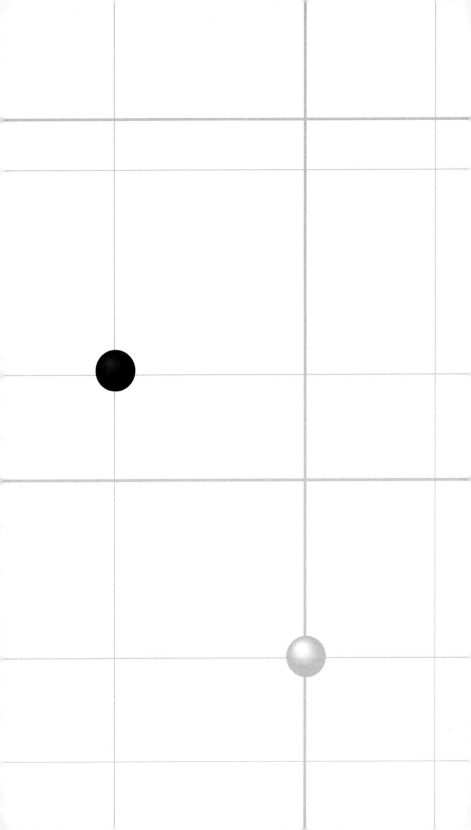

3부

나의 바둑 이야기

산다는 것이

지난날
어렴풋이 남겨진 기억은
가던 길을 멈추어 세우고

애절한
그림자로 남은
잃어버린 시간을 붙잡으려

짧게 남은
지상의 시간을 끌어안고
몸부림친다

바둑을 두어 오면서
수많은 고비를 넘는 동안

한순간도
멈추지 않는 싸움에 지쳐
젊음도 열정도 식어 가는 것이

일상의

그물에 갇혀 길들여진 가축처럼

삶은 돌처럼 굳어져 갔다

산다는 것이

생각은 꿈길을 걷지만

모질게도

반집 싸움을 하면서

낙엽 하나 떨구는 것인지

세월 앞에

어린 시절
방 안에 바둑판을 펼치고

바둑돌을
처음 잡은 날

동심의
눈망울은 초롱초롱 빛났으나

바람 불고
꽃 피고 지고 세월 가고

어렴풋한
어린 날의 기억 속에

바둑돌을
다시 잡아 보니

세월 앞에

흰서리는 산발을 하고

세월 가고

젊은 날
19줄 위에서
승부를 위해 모질게도 뛰어다녔다

앞만 보고
달려가는 것이
삶의 전부라고 생각했으며

361칸이
넘쳐흐르면
그것이 행복인 줄 알았다

모진 시간 속
세월 지나 청춘 가고

골 깊은 주름
백발의 노년에게
쌓아 온 재물이 무슨 소용이며

탐내 본들
손에 쥐고 갈 수 있는 것은 무엇인가

승부를 하던
지나간 하늘에는

쌓아 온
삶의 무게가 짓눌러 오고
붉게 물든 황혼의 애수만 가득한데

젊은 날로
돌아갈 수만 있다면
승부도 재물도 다 돌려주어도
아깝지 않을 터인데

열정(熱情)

누군가
바둑을 두자 하면
가슴을 열어
열정 하나만 반상 위에 펼쳐 놓고

온 세상
마음에 담아
돌 하나하나 사랑의 빛을
달아 놓으리라

판 위에서는
서로 싸우고 사랑하면서
하나의 생을 만들어 가는 동안

단 하루도
바둑돌을 내려놓고
멈추어 본 적이 없다

삶의 길이나
바둑 한 판의 길이
그리 쉬운 것이라면

바둑을 두면서
삶의 의미를 찾을 이유가
없기 때문이다

욕심

바둑을 두면
잡으려고만 한다

남녀노소
관계없이

자신의 돌
단수 된지도 모르고

하수는 하수대로
상수는 상수대로 이기려 하지만

가끔은
자신의 돌이
먼저 죽어 나간다

욕심으로

바둑판 앞에 앉아
상대를 바라보며
생각의 섬에 홀로 갇히어

바둑판 앞에 앉아
상대를 바라보며
환상의 섬에 홀로 갇히어

부질없는 욕심은
내 안의 적이 되어

언제나
비워도 다 비우지 못하고
채워도 다 채우지 못하는
승부의 욕심

나도

너도

버리지 못한 그 욕심 때문에

끝내

듣지 못하고

보지 못하고

말하지도 못했다

운명(1)

흑과 백의
동행 아닌 동행

침묵 속
살기 품은 어둠의 그림자가
짙게 깔리고

곧
들이닥칠 풍파
짊어져야 할 운명의 시작을 모르고

생사 앞에
생존을 위한 적과의 동침

이내 깨어나면
누군가는 쓰러지겠지만

때로는

그렇게 어울려

살아가야 할 운명이라면

그렇게

살아갈 수밖에

운명(2)

361개의 돌 속에
숨어 있는 각각의 운명

커다란
욕망을 가진 돌
번뇌와 고통을 잉태할 돌
꿈을 꾸는 돌

같이 어울려
생을 만들어 가지만

하나의
방심과 욕심은
훗날
커다란 교훈이 되는 것을

놓인 돌

하나하나에

그 뜻 새기어 본다

운명에 갇혀

바둑판 위에
인생사 펼쳐 놓고

생(生) 과 사(死) 사이
미로의 비밀을 풀어 가기 위해

작은 눈으로
세상을 읽어 가며
반상 위로 돌을 올려놓는다

삶은
어둠 속에서
빛을 찾아가는 일이지만

속절없는
세월의 덫에 갇히어

운명적

그늘진 싸움을 벗어나지 못하고

서글퍼질 때면

애꿎은

바둑돌만 꽉 쥐고

하염없이

빈 하늘만 바라본다

운명의 길을 찾아

긴 절망을
반복하는 미로의 비밀 속에서

삶보다 치열한
바둑의 수순을 찾아가며
새로운 인생의 탑을 쌓아 가는 것이

어느 길을 걸어도
앞으로 나가기는 힘들고
어려운 일입니다

지금까지
바둑을 두며 살아온 길이
운명일지는 모르겠지만

고뇌를 감내하기에
너무도 벅찬 미련과 집착으로
운명의 극복은

의지와

노력에 따라 길은 달라지고

도전하는 용기는

운명도 바꿀 수 있습니다

새로운

인생을 열어 가는 일

바둑 속에서 찾아가고 있습니다

이방인

머무를 곳을 찾는
검게 그을린 이방인

싸늘하고
매정한 시선을 피해 가며
쉴 곳을 찾아야 했다

산다는 것
먼저 놓인 돌과 돌 사이
빈 공간을 찾아

돌 하나 올려놓고
함께 어울려 가는 것인데

세상은
쉽게 자리를 내주지 않으며

삶의 자리에는

기득권자가 앉아 있고

반겨 주는 곳은 없었다

희망을 꿈꾸며

자신의 길 위에 돌을 놓아 가는 것이

마치

꿈의 조각을 맞추며

길을 찾는

낯선 이방인을 닮아 있다

인생 겹

흑과 백
함께 어우러진 세상

집이
크고 작고

돌이
죽고 살고

내 것
네 것
승부를 가리는 것이
삶인가

바둑 한 판
동행의 길의
인생 겹 두터워 간다

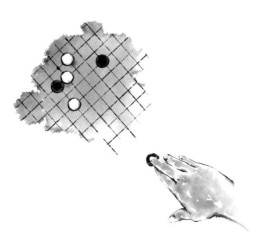

인생 시소게임

지금 우리 앞에
승부는 삶이며 인생이다

멋진
승부를 하고 싶었으나
홀로 서 있기에도 버겁고
어울리기조차 힘든 세상에서

우리는
양보 없는 승부를 해야 했다

승부의
오르내리막이 없이 수평만 계속되어
인생 앞에 승부가 없다면

새로운
삶의 의지도 없을 것이며
누구도 꿈을 꾸지 않을 것이다

내가 올라가면
상대는 내려가야 하고
상대가 올라가면
나는 땅바닥으로 나뒹굴어야 했다

우리는
승부 속에 오르내리는
인생 시소게임에 감긴 매듭을
풀어 가기 위해

생각의 바다에서
끊임없이 밀물과 썰물이 되어
출렁거렸다

인생의 보물

희망을 꿈꾸며
마주 보는 동행의 길 위에 펼쳐진
보물지도

기억을 더듬으며
꿈을 찾아가는 것은 설레고
기쁜 일입니다

지금
돌 하나 놓는 일이
하찮아 보여도
소홀히 하면 안 되는 것은

이 순간 참아 내며
살아 숨 쉬는 것이 사랑이고 꿈이며
삶이기 때문에

지금

돌을 놓고 꽃을 피우는 것보다

소중한 것은 없습니다

우리가

찾으려는 보물은 세상에는 없으며

다만

있다면

살아 숨 쉬는 바로 이 순간이

보물입니다

귀살이

삶의
끝자락

모서리
외진 기회의 땅

귀살이를 하려
삼삼으로 쳐들어간다

생사 앞에
탐스럽게 피어나는 두 집

천한 이름
귀살이지만
대궐집 부럽지 않다

바라보다

눈이 부셔 눈물이 난다

귀살이

내 안의 적(1)

삶은 언제나
핏발 선 아귀다툼 속에서
사상누각의 옥집으로 지어지고

삶의 무게의 눌린
내 자신을 바라보면서
더 많은 날을 이겨 나가야 했다

적은 내 안에
둥지를 틀고
실체도 존재도 없는
갇혀 있는 허상으로

부질없는 욕심을 내며
나를 힘들게 하므로
내 안의 적은 꼭 이겨 내야 한다

나약한 마음

자신의 연민에 굴복한다면

어찌

바깥세상의

적을 이겨 나가겠는가

내 안의 적(2)

실체도

존재도 없는

검은 속내 감춘 허상

또 다른 자신이

내 안에서 나를 옥죄고 있다

적은

나를 가장 잘 알기에

아픈 자리에서

나를 괴롭게 하고

내 자신이 약할 때 더 덤벼든다

내 안의 적에게

스스로 굴복하는 것은

보이지 않는 상처 되어
평생 가슴에 묻고 살아가야 하기에

속을 비우고
제 자신을 매질하여
세상을 구원하는 종소리처럼

자신을 두드리며
스스로
강해지도록 길들여 가야 한다

놀부 심술보

바둑도
알고 보면 간단하다

바둑을 잘 두려면
적의 급소가
나의 급소임을 알고

놀부의
심술보를 빌려다

상대의
급소 자리를 찾아
끝가지
상대의 심기를 거슬러야 한다

그러지 않으면
자신이 힘들어지고
손 따라 두면 바둑은 진다

바둑에서는

놀부의 심술보를 펼치면

판 안의 다툼도 즐거움이 된다

도전(1)

생각 속

수읽기가 너무 깊어

인간의

한계로 갈 수 없는

신의 영역이나

4차원의 세계는

21세기의

기계나 기술로

다가갈 수 없지만

인간의

무한한 상상력과 의지로

그 깊이에 빠져

쓰러지고 넘어져도
도전은 멈추지 않고
그 한계를 허물어 간다

패배 속에서
다시 일어서서
신의 한 수를 찾는
저 열정적인 인간들을 보라

도전(2)

바둑으로
승부 앞에 놓여진 것이
바뀔 수 없는 운명이라 할지라도

그 운명을
어떻게 풀어 가느냐 하는 것은
자신의 의지와
노력에 따라 달라집니다

승부를 위하여
넘어지고 쓰러져도 포기하지 않는 것만이
모든 것을 얻을 수 있는 길이며
도전은
모든 것을 가능케 합니다

바둑을 두고
승패를 논하기보다는

승부 속에서

포기하지 않고 다시 일어서서

패배를

극복하는 끝없는 도전만이

우리가

꿈꾸며 찾는

답일 때가 있습니다

희망

승부는
바람 불어 흘러가는 대로
즐길 줄 알아야 합니다

승부에 갇혀
이기려고만 한다면
세상은 모두 적이 되어

즐겨야 할
승부마저 힘들어지고
고뇌의 갇혀
자신을 구속하기만 합니다

승부는
언제나 두렵고 힘든 길이지만

도전하는 의지만이
내일을 기쁘게 만들 수 있기에

패배 후

다시 일어서는 것이

우리가

꿈꾸는 희망입니다

두 점 머리

바둑을 두면서
두 점 머리는 맞지 마라

누구나
머리를 맞으면
기분이 나쁜 것을 알지만

하수의
두 점 세 점 머리는 머리도 아니다
맞고 또 맞는 석두(石頭)

다툼이 커질수록
머리만큼은 우뚝 세워라

상대가
머리를 치밀고 들어올 때
기분이 나쁜 것을 느끼게 되면

그때부터

바둑의 맛을 알고

승부를 알고

인생을 알게 되는 것이다

승부에 지더라도

두 점 머리는 맞지 마라

바꿀 수 있는 것은

승부를 할 때는 몰랐으나
패배 후
상처의 골이 깊게 파였습니다

한번
놓은 돌은 되돌릴 수 없고
패배
또한 바꿀 수 없으며

살아온 날도
지울 수 없습니다

바꿀 수 있다면
그것은 삶도 승부도 아닙니다

인생이 그렇고
세월이 그러하며
바꿀 수 있는 것은 아무것도 없습니다

다만

바꿀 수 있는 것은

자신의

잘못된 생각뿐입니다

돌 하나 놓는 일이

판 위에
돌이 죽고 사는 일을
재미로 둘 수도 있겠지만

그렇다고
승부를 가볍게 말할 수는 없다

시작은 비록
돌 하나 올려놓고
시름에 잠겨
생각으로 다투는 일이지만

순간
돌 하나 놓는
사소한 일이
삶 위에 절실할 때가 있다

작은 일들이

삶 위에 쌓여

내 자신을 위해 뭔가를 해야 할 때

쌓여진

그 무게의 눌려

끝내 일어설 수 없게 된다

산다는 것이

흑과 백의 삶이
19줄 외나무다리 위
절박한 승부로 놓이고

산다는 것은
언제나 바람 앞에 등불 같은
힘든 날들이었다

세상이
아름다워 보이고
내게만 시련이 주어진 듯해도

세상에는
견디어 참아 내지 못할 일은 없으며

누구에게나
공평하게 똑같이 바람이 불고
흔들거리는 것은 미찬가지입니다

삶은

승부이고 운명이기에

누구나

승부 속에서

그렇게 살아가고 있습니다

인생의 승부

지난날 승부는
세월 속으로 사라진
바람이었다

열정도
차갑게 식었고
영광도
한때 빛나던 이야기일 뿐

모두 다
흘러가 버렸어도

마지막
승부가 남았다면
다시 일어서야 했다

인생은

마지막 숨 한 모금 마시는 것까지

승부이기에

한순간의

아픔과 즐거움 따위로는

인생과

승부를 말할 수 없다

승부를 이겨 내기 위해

판 위에 놓인 생각
욕망은 몸속 깊이서 꿈틀대니
산이 되고 길이 되고

고요가 깊어지자
숨어 있던 비수가 안개 속에서 몸을 푼다
싸움의 골이 깊어서이다

실체도 없는 허상
내 자신과 자존심이 하나 되지 못한 채

싸움은
널브러지고 쓰러질 때까지
허기진 맹수의 배를 채우듯 계속되고

참아내지 못한 욕망의 상처는
내 스스로 만든 아픔이었기에
승부에서 얻은 상처는 승부로 풀이야 했다

욕망을 꿈꾸며

온몸으로 몸부림쳐도

생각대로 이루어지지 않을 때는

첫수를 놓으며

야심찬 꿈을 꾸던

그때를 기억해 보라

승자는

승부는
이겨야 하는 것이지만

승부를 할 때마다
다 이길 수는 없는 일입니다

이기고 지는 것은
순리에 따라야 하며

승자는
고개 숙인 패자의
눈물을 닦아 주어야 합니다

항상
여유롭고
약자에게 배려를 행하는 것이
진정한 승자입니다

동행 속에서
승부는 더욱 빛나고

승부 속에 쌓은 덕은
언젠가 자신에게 돌아오기 때문에

함께 어울려
살아가는 법을
바둑에서 먼저 배워야 합니다

아직도 욕심이 남아

세월이 지났어도
승부 앞에서는
조금도 물러서고 싶지 않았습니다

상대를 바라보고
바둑판 위를 뚫어져라 바라보며
자신 있게 돌을 놓아 가지만

패배 후
아쉬움은 가득하여도

열정만큼은
젊은 날
그대로라고 생각 했습니다

승부 앞에
버리지 못한 욕심은
나를 힘들게 하지만

세월을 많이 지나왔기에
승부 앞에
연륜의 덕을 보여야 했습니다

승부는
생각처럼 되는 것은 아니지만

아직도
젊은 날 그대로
승부 앞에 물러서지 않는 것이
열정인 줄 알았으나
욕심이었습니다

알파고

유사 이래
가장 난해한
두뇌게임으로 자부(를)하며
인간의 사랑받은 바둑

수천 년간
인간과 바둑 사이
상상 속 깊이를 재어 가며

인생과
철학을 논하는
신을 닮은
인간만이 존재하였는데

어느 순간
차가운 기계가
인간의 고유 영역을 침범하고

반란을 일으키며

신을 닮아 가고 있다

어둠 속에서도

어쩌면
오늘의 승부는 예견된
승부였는지 모른다

되돌릴 수 없는 패배
내가 나를 짓밟은 패배일지라도
인정해야 했다

더 이상
승부를 논할 것은 없으나
상처는 지워야 했다

오랫동안
어둠에 빠져 길을 잃고

그 속에서
헤어나지 못할 때
어둠은 나의 친구였다

그 속에서

빛나는 꿈도

은지에게

바둑판을
내려다보는
눈빛도 아름답지만

돌을 쥔 손이
더 아름다운 아이

숨어버린
수를 찾아내는
기쁨을 알기에

언제나
마음속에
묘수 찾아가듯

오늘도
은지돌은
술래되어 길 찾는다

바둑을

사랑하는 마음으로

나의 바둑 이야기

나의 바둑 이야기에는
복잡한 묘수나 난해한 수읽기가 없으며
그럴 필요도 전혀 없다

바둑 한 판 이기면 좋아하고
패배하고 나면 속상해하는
그냥 그렇게 즐기는
그렇고 그런 이야기가 전부이다

바둑 이야기에
과장된 글을 붙이며
깊게 파헤쳐 골치 아플 필요가 없기 때문이다

인생 이야기
세상사는 이야기
그냥 살아가는 대로

남다르게 생각할 필요도 없이
있는 그대로 써야 했다

세상 살아가는
사실 그대로의 평범한 이야기보다
진지한 이야기는 없다

힘들면
하늘 한번 쳐다보고

삶은 살면 되고
글은 쓰면 되고
바둑은 두면 된다

내 생각대로
두고 싶은 곳에 돌을 놓아 왔어도
바둑인의 자긍심으로
이곳까지 잘 오지 않았는가

어렵게 생각하지 말고

바람 불면 부는 대로

물 흐르면

물 흐르는 대로 흘러가는 것

그것이 삶이고

인생 이야기 바둑 이야기 아니겠는가

자신의 의지대로

바둑의
수읽기는 끊임없이
천변만화의 그림을 그려 가고

매 순간
새로운 모습으로
변화하는 것이
얼마나 아름답고 대단한 일인가

변화하지 않고
바뀌지 않는 것은 발전이 없는
생을 다한 것이기에

자신의
생각 위에
새로운 생각을 덧칠하여

자신의 의지대로

세상을 채색해 가는 것이야말로

바둑이 주는

소중한 경험일 것이다

즐거움을 찾아

자존심을 담보한
승부는 이겨야 하지만

바둑 속에는
승부만 있는 게 아니라
함께하는 즐거움도 있다

승부는
승부로만 끝나지 않기에

승부는
즐길 줄 아는 사람이
진정한 승자이며

이기려고 욕심 부리면
결코 기쁨을 얻지 못하고
끝내 많은 것을 잃을 수도 있다

기쁨은

승부 안에만 있는 것이 아니라

승부 바깥에

더 많이 있다는 것을 깨달아야 한다

책임

바둑을 두고
승부의 책임을 져 본 적이 있는가

처음에는
승부를 몰랐었지만

바둑에서 배워야 할 것은
자신이 행위의 책임져야 한다는 것이다

지난날을
되돌릴 수 없듯이
한번 놓은 돌은 다시 놓을 수 없고

무르기를 하면
그것은 더 이상의
바둑도 승부도 아니다

돌을 놓고

잘못 걸어온 길을 책임지지 않는다면

바둑으로

더 이상 배울 게 없다

패배를 하고 나서

패배 후
방황의 길을 걷다가
아픔에 흔들려도

아직
겨루어야 할 승부가 남았다면
다시 일어서야 했다

의미 없이
스쳐 지나가는 승부일지라도

승부의 몸을 맡기고
최선을 다하는
그런 삶을 살아야 했다

승부는
삶의 전부이기에

승부에

흔들려 보지 않고서

승부에 대하여 말할 수 있는 것은

아무것도 없었다

기세

살아오면서
가장 행복했던 순간은

인생사
기회가 왔을 때

사랑하는 사람에게
당당하게 다가설 때일 것이다

바둑을
아는 사람은
결정적인 순간 물러서지 않는다

당당한 자세로
승부를 결정지어야 할 때를 알고

물러섬과

나아갈 때를 알며

두고 싶은 자리에 두는 것은

기세를 알고

사랑을 알고

바둑을 알기 때문이다

흉내바둑

쉬운 수라고 해서
생각도 없이 둘 수는 없으며
내가 모르는 수라고 해서
두지 못할 이유도 없다

아는 수라고 해서
생각도 없이 두어 실수를 하게 되면

열을 받아
온몸이 뜨거워지고
궁지에 몰리어
자신마저 잃어버릴 수도 있다

바둑의 묘미는
자신의 능력으로 스스로 수읽기를 통하여
실수를 줄여
자신을 다스려 가는 것이다

생각도 하지 않고
착수의 자유를 말하며
흉내바둑을 잘 두어 이겼다 해도

도덕적 윤리의 판단으로
선악을 말할 수는 없지만

수읽기를 하지 않는
흉내바둑은 금기와 자유 사이
자존심이 허락지 않으며

바둑의 깊이를 모르고
자신의 의지 영혼이 없는 승부는
돌 나르기에 불과한
승부게임일 뿐이다